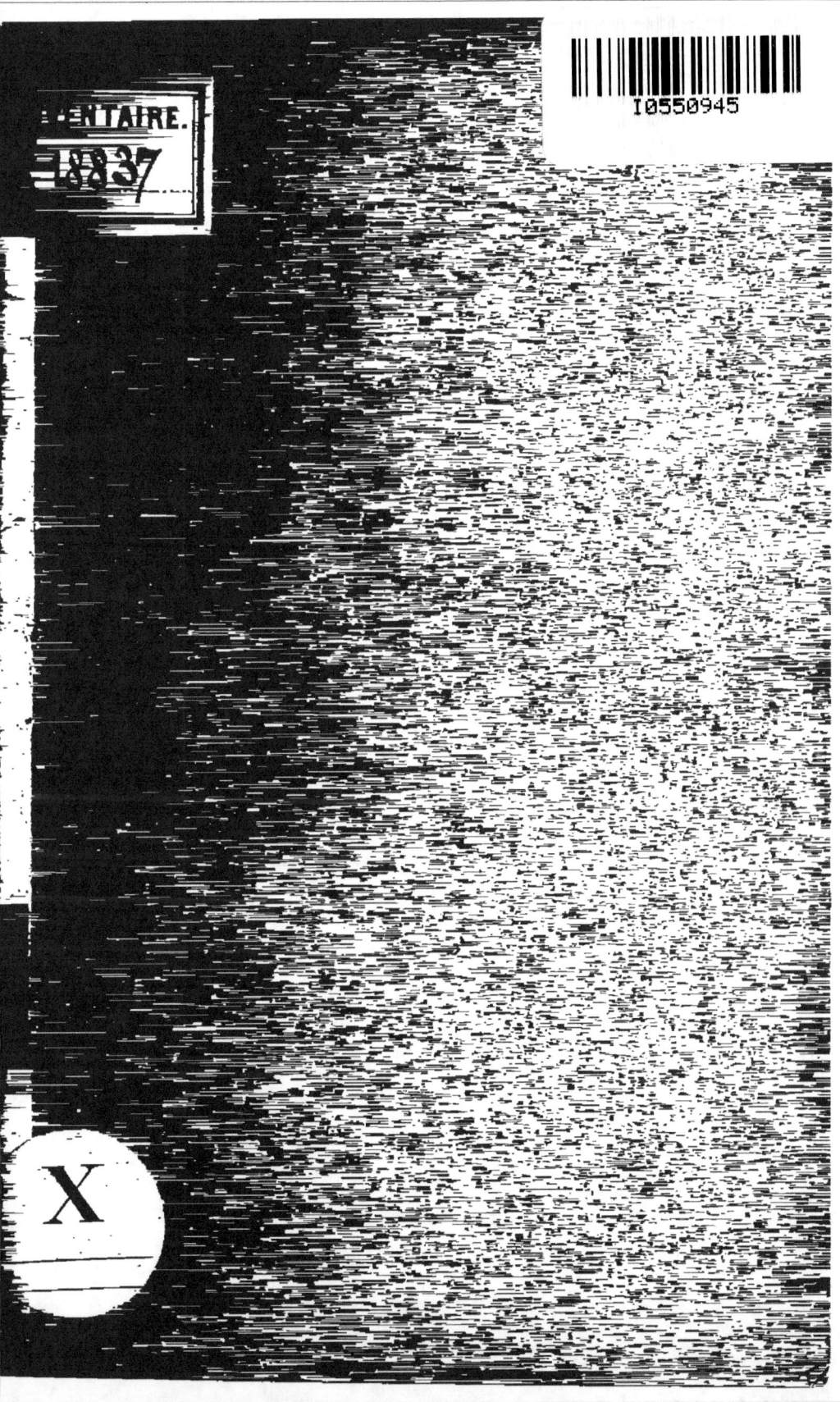

ENTAIRE.

1837

X

PANEGYRIQVE

SVR LA PROMOTION

DE MONSEIGNEVR LE

PRESIDENT SEGVIER

à la dignité de Garde des
Seaux.

DEDIE' AV ROY.

A PARIS,

Chez HENRY DAVPLET, deuant
le Pont de bois, à la Natiuité.

M. DC. XXXIII.
Auec permißion.

18837

PANEGYRIQVE
SVR LA PROMOTION
DE MONSEIGNEVR LE
Preſident Seguier à la dignité de Garde des Seaux.

IRE,
    L'on nous apprend que Dieu tient en ſes mains le cœur des Roys, (principalement de tous les bons Roys comme vous, & qui ſont dans la foy de l'Egliſe) que toutes leurs actions viénent de luy, n'ayans point de mouuemens qui ne partent de là : nous le voyons clairement en la perſonne de V. M. qui le fait aduoüer aux moins credules, non ſeulement des peuples qui luy font hómage & la tiennét pour ſouueraine, mais auſſi des Eſtrangers, leſquels ne ſont obligez à l'honorer que pour la gloire de ſes merites, dont la ſplendeur ne les esbloüit pas moins que

nous: tant de riches triomphes, d'admirables victoires, de nõpareilles valeurs,
d'entreprises fauorables, de peines, de
fatigues, de veilles heureusement accõ-
plies & dignement acheuées, le decla-
rent assez, ayant par vos deliberations,
comme par les bons aduis qui vous ont
esté donnez, acquis plus d'hõneur vous
seul, que tous les Roys ensemble qui iamais ayent regné sur les Fleurs de Lys
depuis Pharamond n'en ont acquis, à le
prendre, SIRE, dés les plus tédres années
de V. M. capables d'agir, & de se faire
cognoistre dans les perils eminents par
la voye des armes.

Icy i'alleguerois Caën, i'alleguerois
icy Royan, ie ne me tairois icy de la
Rochelle, de qui les effects sont mer-
ueilleux & miraculeux, ou la crainte ne
sceut paroistre aucunement sur vostre
front, ny s'emparer de vostre cœur parmy les dangers, esquels les plus resolus
n'estoient des plus asseurez : ie ne don-

nerois à l'oubly vos expeditiõs d'Italie,
& vos conquestes dans ce pays, iadis le
sepulchre & la honte des François, ny
les hazards encourus en cét esloignemẽt
par V. M. d'heure en autre, en y dispo-
sant de iour & de nuict les gens de guerre, ny les soins & les addresses qu'elle
tesmoignoit, à l'esgal des moindres Ca-
pitaines, pour faire aller tout en bon or-
dre; & n'enfermerois dans le silence les
voyages reiterez du Bear, de la Guien-
ne, & du Languedoc reünis à la foy, ny
ceux où l'Allemagne sans peur (en estát
proche) auoit dequoy trébler auec son
Aigle, bien qu'elle ayt dans les serres le
foudre à Iupiter, & beaucoup d'autres
natiõs pareillemẽt, V. M. n'ayãt experi-
menté iamais là que des heureux euene-
mẽs, & des succés de bõheur, conduitte
par les Anges, dãs la protectiõ fauorable
du Tovt pvissant. Ie marquerois, non
d'vne pierre blanche, mais d'vne touche
d'or, les admirables diligences qui l'ont

fouuēt diftraite du calme de fon repos, afin d'affeurer & maintenir fon Eftat, & les Prouinces differentes qui releuent de fes cōmandemens: Et le iour me defaudroit pluftoft que la voix & la parolle en vn fi rare fubjet pour en defcrire les merueilles, naiffantes de l'efprit de Dieu: mais à quoy faire de marier icy les appartenances de la guerre auec celles de la paix, & de ioindre la palme aux oliuiers?

Ie traitte icy des affaires de Minerue, ie n'aurois donc pas bōne grace d'y parler de celles de Mars: cela correfpondroit mal au fujet qui me fait entretenir V. M. Sire, en voulant difcourir feulement des chofes qui la font reluire par leseflancemens & par le gouuernement du Tres-havt, poffeffeur de voftre cœur au chois des hommes, pour les rangs de l'Eglife & du Sacerdoce, & pour les honneurs & les charges publiques, les chofes vrayement les plus neceffaires & les plus vtiles que l'on fçache

deſirer és Monarchies, pour les eſtayer
& les affermir.

Chriſes & Neſtor font voir en Ho-
mere de quelle importance & de quelle valeur eſt ce chois, & les biens & les
vtilitez qu'il produit : les Grecs s'en ac-
quirent mille beaux triomphes ſur les
Troyens au ſieg d'Ilion , qui d'vne &
d'autre part accourcit les iours de tant
dè braues Seigneurs & de vaillans Prin-
ces, de qui la memoire a paſſé iuſques
à nous par la viue force des eſcrits d'vn
aueugle incomparable de lumiere. Le
chois de ces deux hommes, l'vn ſouue-
rain de la Preſtriſe , & l'autre chef du
Conſeil, leur fit ſurmonter & vaincre
à la fin ceux de qui les valeurs & les gloi-
res ſembloient ne pouuoir iamais eſtre
ſurmontées & vaincuës, tant de leur
chef que de l'aſſiſtance de leurs Perga-
mes.

L'eſlection que V. M. SIRE, a touſ-
jours faicte de pareils hommes, teſmoi-

gne son bon iugement, inspiré du
Ciel, pour de tels effects, qui iournellement produisent l'asseurance & le repos de son Royaume, car les bonnes se-
mences font les bonnes recueilles, & la
bonne pasture engresse les troupeaux.
Mais en ce qu'elle a n'agueres fait paroistre en l'vn & l'autre chois, inopinemét,
& sans la brigue sans le desir & la vo-
lonté de ceux qui l'ont esprouué dignement, à coüróné les parfaits mouuemés
qu'elle a d'enhaut, l'vne SIRE, en la pro-
motion d'vn des Messieurs les Seguiers
en l'Euesché d'Auxerre, premier Au-
mosnier de V. M. pour son bon natu-
rel & sa bonne vie irreprochable seule-
meht, & de nouueau par les Sceaux dót
elle a iustement honoré monsieur son
Frere aisné, Presidét en la grand Chábre
du premier & plus celebre Parlemenu
de la terre. Parlement qui le regrette,
& regrettera vrayement, comme ceux
lesquels y recherchent le droict & la iu-
stice

ſtice ; l'vn pour ſes vertus & l'eſclat de
ſon nom, l'autre pour ce qui regarde
l'equité, l'abord facile & non reueſ-
che, aſſez couſtumier dans ce rang ma-
jeſtueux où l'auſterité ſe meſle bien
ſouuent, & preſque touſiours.

Ce n'eſt pas vn homme SIRE, d'ori-
rigine obſcure & de neant : les Charges que les ſiens ont euës, qui ne les ont
pas tant honorez qu'ils les ont hono-
rées, le manifeſtent : Son grand Pere
eſtoit auſſi Preſident au Mortier & ſes
deux Oncles, dont feu Monſieur le
Preſident de Villiers le dernier mort, a
laiſſé telle memoire de luy, tant par les
exercices de la pieté, les innombrables
charitez & la bonne iuſtice, que par
l'elegance admirée de ſes eſcrits & de ſa
voix, qu'à bon droit le ſçauant Areopa-
ge de Veniſe, où ſi dignement il ſeruoit
le Roy HENRY LE GRAND en qualité
d'Ambaſſadeur, l'a iugé ſainement ce
qu'il eſtoit, à ſçauoir inimitable. De

B

quels merites n'a pas iouy feu Monfieur
le Doyen de Paris fon Oncle, aymé
comme reueré de Meffeigneurs les
Cardinaux fes Pafteurs, & de leur Cler-
gé venerable? & quelle gloire n'euft fon
pere à fi bien regir en la fleur de fes ans
la police d'vne ville, ou pluftoft d'vn
Monde, fi plein d'humeurs differentes
& de varietez de malice, leur tenant la
bride pour les regir & gouuerner, côme
Æole fait les vents? La Mort qui le prit
ainfi ieune, & qui n'efpargne ne plus
ne moins les edifices des Roys & des
grands Magiftrats, que les toicts & les
cabanes de chaume des vignerons &
des laboureurs, ne fouffrit qu'il vint à
marcher plus haut, à l'efgal des efperan-
ces qu'il dennoit: & comme cefte belle
fleur affeuroit d'vn fruict non moindre
par fon luftre & par fon efclat, elle fut
defteinte & decoulourée.

Pour la Mere de fon Pere, elle eftoit
d'extraction notable, & de pareille etof-

se à la qualité dont il est honoré de present : bref dans le nom des Seguiers on
y void tout plein de rangs honorables,
Presidens, Conseillers d'Estat & de la
Cour, Doyens, & Preuosts de Paris,
grands Maistres des Eaux & Forests,
Cheualiers de Malthe, & dans l'alliance
& la proximité, des Cardinaux & des
Seigneurs de marque des plus illustres
familles d'entre la Noblesse.

Ie serois ennuyeux, SIRE, à V. M. de
tirer plus en long sur le merite & le rãg
des siens, & du costé du Pere, & de l'extraction de la Mere, qui fut de l'ancien-
ne maison des Hennequins, ennoblie
par ses valeurs, recognuës dés le temps
du Roy Iean, par Monseigneur Char-
les Dauphin Regent en France, depuis
Roy. Genealogie laquelle a mis ius-
qu'à present au iour vn nombre infiny
de Prelats, de Cheualiers, de Magistrats
& de Seigneurs. La mere de sa mere en
portoit le nom, mere pareillement de

B ij

celuy qui maintenant, auec l'applaudiſ-
ſement en l'adueu de tous, eſt Doyen
de la premiere Egliſe de Paris, Monſieur
de Tudert, Conſeiller en la grande
Chambre de voſtre Auguſte Parlemēt
de ce lieu.

Venāt à parler de ſa mere, ie me voids
obligé de ne reſtreindre encore ma
voix, puis que c'eſt la gloire la plus emi-
nente de Monſeigneur voſtre Garde
des Sceaux, qui belle entre les plus bel-
les, chaſte & pudique entre les plus cha-
ſtes, foulant aux pieds les vanitez & les
grandeurs, & montant auec des aiſles
d'amour & de foy dãs le chariot d'Elie,
a quitté les fraiſles appas & les alleche-
mens du monde, pour attendre l'heure
de ſa bien-heureuſe fin dans la retraitte
& parmy les auſteritez d'vn cloiſtre;
d'où ie preſume que les ſiens tirent les
benedictions qui de preſent arriuent
ſur eux au gré de ſes prieres, cōme par
les vœux de leur Sœur, qui fait paroiſtre

iournellement dans la chofe actiue des
effects de piete, qui luy feruiront d'ef-
chelle pour monter à la ióye eternelle
des bien-heureux.

SIRE, i'ay vrayment tort, & le reco-
gnois, d'ainfi loüer Monfeigneur le
Garde des Sceaux, & de le glorifier par
les fiens, veu qu'il eft du tout recom-
mandable par foy mefme, ayant touf-
jours par degrez, & non d'vn plein faut
(comme on en void par fois auec beaucoup moins de gloire & de reputation)
monté dans le rang plus eminent de la
iuftice, où V. M. là faict arriuer, eftant
de ieune Confeiller en fon Parlement
Souuerain, Maiftre des Requeftes de
fon Hoftel, & Surintendant en la iuftice de Guyéne, auec admiration dãs fa
charge, de là Prefident au Mortier, & de
prefent SIRE, voftre Garde des Seaux,
dignité releuéequi regarde la dignité de
Chancelier; & côme il eft ainfi recõma-
dable dans la confiderationpublique, il

ne l'eſt pas moins dás les affaires dome-
ſtiques & particulieres, auec vne pro-
bité loüée vnanimement de tous.

Or l'ayant voulu ſi dignement eſle-
uer à la charge de laquelle vous honorez les grands Chanceliers , toute la
France eſt obligée de vous en remer-
cier tres humblement, & benir V. M.
de ſon bon inſtinct à faire ainſi chois
de la vertu pour le ſalut & le bien de ſon
Royaume & de ſon peuple. Et moy
particulierement, S I R E, qui n'a pas le
malheur de n'en eſtre point aymé, ny
de Monſieur d'Auxerre, ayant eſprou-
ué leur ſecours auec vne infinité de bó-
nes volontez au cours des infortunes
rigoureuſes qui me preſſent & me tra-
uaillent, ce que ie ne puis oublier ſans
eſtre bien ingrat & mecognoiſſant : Et
me faut aduoüer, S I R E, qu'il ne me
falloit vous entretenir de ce que ie vous
entretiens, d'vn ſtile où ie pourrois eſtre
egalé, mais bien de celuy par qui ie pre-

tēdois vous mettrevn iour au frõt d'vne
secõde Illiade, & lequel m'auoit fait cõ-
ceuoir tant d'ouurages differens à tous
suiects, dés mon aage plus tendre, si l'i-
gnorance & l'enuie, par le fard de leurs
vulgaires conceptions, & d'ailleurs les
procés cõtre les vsurpateurs de mes biés,
iniustement occupez, & mes indispositi-
ons frequentes prouenantes de là, ne
m'en eussent diuerty, m'en rauissant
l'honneur & la gloire, auec tout plein
de regret, bien que iamais, SIRE, ma
condition n'en ayt esté meilleure, comme à tout plein d'autres moins cheris
des Muses, ny par mes veilles, ny par la
contribution du mien, sinon par le
bon vouloir & par le doux accueil de
V. M. Royalle, & dauantage par la
gloire d'auoir esté choisi du Ciel pour
atteindre aux loüanges du premier &
du plus excellent ROY du Monde.

GARNIER.

SONNET.

LE mesme Esprit diuin qui suscita d'enhaut
  Le premier ROY qui viue auiourd'huy sur la terre
D'honnorer vn SEGVIER de l'Euesché d'Auxerre,
Attiré par sa vie où rien n'est en deffaut.
Le suscite à donner (pour ranger comme il faut
  Les desordres commis, par vne iuste guerre)
  A son Frere, en qui DIEV mille vertus enserre,
Le rang des Chanceliers pour autant qu'il le vaut.
Les cœurs des ROYS, qui sont dans la foy de l'Eglise,
  En la main du TRESHAVT ont leur demeure ac-
Et rien que de par luy n'a mouuement par eux. (quise,
O FRERES qu'vne SAINCTE à produit en ce Mõde!
On y doibt aussi croire vn eslan de ses vœux,
Deux ancres font besoing quand on est dessur l'onde.

GARNIER.

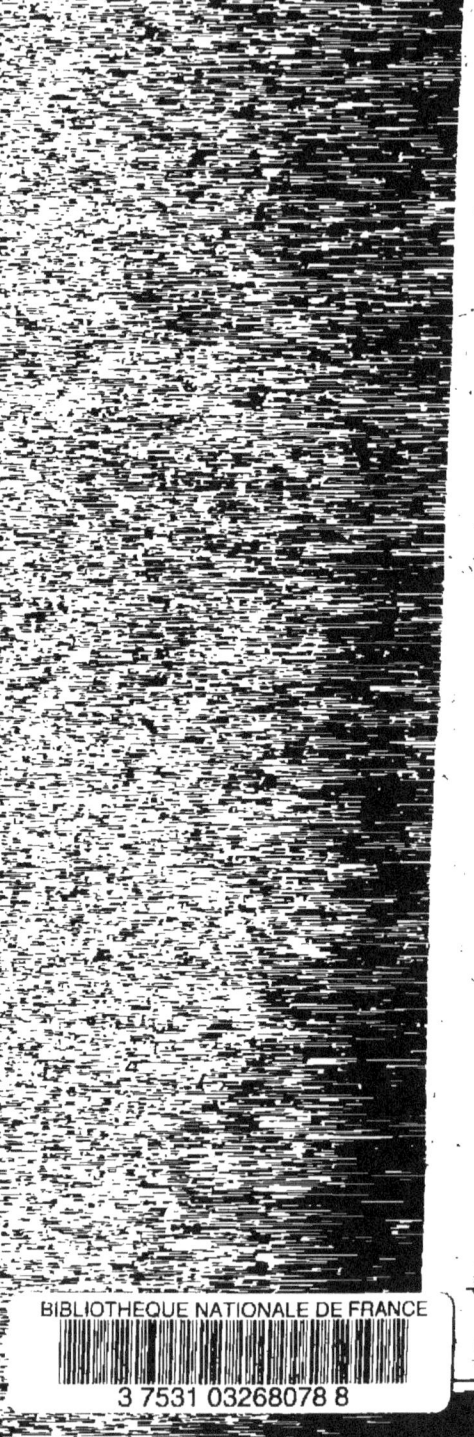

www.ingramcontent.com/pod-product-compliance
Lightning Source LLC
Chambersburg PA
CBHW061745180626
46818CB00006B/2757